# 语文第二课堂

## 梦想的芬芳

曹文轩 编

山东画报出版社

**图书在版编目（CIP）数据**

梦想的芬芳 / 曹文轩编. —济南: 山东画报出版社, 2019.6
（语文第二课堂）
ISBN 978-7-5474-3132-0

Ⅰ.①梦… Ⅱ.①曹… Ⅲ.①儿童文学 – 作品综合集 – 世界
Ⅳ.①I18

中国版本图书馆CIP数据核字(2019)第075908号


语文第二课堂
梦想的芬芳
曹文轩　编

**项目统筹**　　王一诺
**责任编辑**　　王一诺
**装帧设计**　　吕　顺　黄梅青
**插图绘画**　　黄　捷

**出 版 人**　李文波
**主管单位**　山东出版传媒股份有限公司
**出版发行**　山东画报出版社
　　　　　　社　　址　济南市市中区英雄山路189号B座　邮编 250002
　　　　　　电　　话　总编室（0531）82098472
　　　　　　　　　　　市场部（0531）82098479　82098476（传真）
　　　　　　网　　址　http://www.hbcbs.com.cn
　　　　　　电子信箱　hbcb@sdpress.com.cn
**印　　刷**　山东临沂新华印刷物流集团有限责任公司
**规　　格**　165毫米×235毫米　1/16
　　　　　　8印张　13幅图　60千字
**版　　次**　2019年6月第1版
**印　　次**　2019年6月第1次印刷
**书　　号**　ISBN 978-7-5474-3132-0
**定　　价**　25.00元

如有印装质量问题，请与出版社总编室联系更换。

# 序　言

　　无论是中国的语文教学大纲、课程标准还是国外的语文教学大纲、课程标准，也无论是哪一时代的语文教学大纲、课程标准，都无一例外地将学习语文的目的确定为：培养学生的语言文字表达能力。相对于"人文性"这一概念，我们将这一点说成是语文的"工具性"。这么说没有问题——问题是我们对"工具性"的理解是不够的。在我们的感觉中，"工具性"似乎是一个与"人文性"在重要性上是有级别差异的概念。我们在说到"工具性"时往往都显得不那么理直气壮，越是强调这一点就越是觉得它是一个矮于"人文性"的观念，只是我们不得不说才说的。其实，这里的"工具性"至少是一个与"人文性"并驾齐驱的概念。离开语言文字，讨论任何问题几乎都是没有意义的。另外我们有没有注意到，语言文字根本上也是人文性的。难道不是吗？二十世纪哲学大转型，就是争吵乃至恶斗了数个世纪的哲学忽于一天早晨都安静下来面对一个共同的问题：语言问题。哲学终于发现，所有的问题都是通向语言的。不将语言搞定，我们探讨真理几乎就是无效的。于是语言哲学成为几乎全部的哲学。一个个词，一个个句子，不只是一个个词，一个个句子，它们是存在的状态，是存在的结构。海德格尔、萨特、加缪、维特根斯坦等，将全部的时间用在了语言和与语言相关的问题的探讨上。甚至一些作家也从哲学的角度思考语言的问题。比如米兰·昆德拉。他写小说的思路和方式很简单，就是琢磨一个个词，比如"轻"，比如"媚俗""不朽"等。他告诉我们，一部小说只需要琢磨一两个词就足够了，因为所有的词都是某种存在状态，甚至是存在的基本状态。

从前说语言使思想得以实现，现在我们发现，语言本身就是思想，或者说是思想的产物。语言与思维有关。语言与认知这个世界有关，而认知之后的表达同样需要语言。语言直接关乎我们认知世界的深度和表达的深刻。文字使一切认识得以落实，使思想流传、传承成为可能。

从这个意义上说，语言文字能力，是一个健全的人的基本能力。而语文就是用来帮助人形成并强化这个能力的。为什么说语文学科是一切学科的基础，道理就在于一个人无论从事何种职业，都必须以很好的语言文字能力作为前提。因为语言文字能力与认知能力有关。

但要学好语文，只依赖于语文教科书恐怕是难以做到的。

语文教科书只是学好语文的一部分，甚至说是很有限的一部分。语文教学是语文学习的引导，老师们通过分析课文，让学生懂得如何阅读和分析课文，如何掌握语言文字去对世界进行思考和如何用语言文字去表述这个世界。但几本语文教科书能够提供给学生的学习文本是十分有限的，仅凭这些文本，要达到理想的语文水平是根本不可能的。语文能力的形成和语文水平的提高，必须建立在广泛而深入的课外阅读上——语文教材以外的书籍阅读上。许多年前我就和语文老师们交谈过：如果一个语文老师以为一本语文教材就是语文教学的全部，那么，要让学生学好语文是不可能的。从讲语文课而言，语文老师也要阅读大量教材以外的书籍，因为攻克语文这座山头的力量并不是来自语文教科书本身，而是来自于其他山头——其他书籍，这些山头屯兵百万，只有调集这些山头的力量才能最终攻克语文这座山头。对学生而言，只有进行广泛而深入的课外阅读，才能深刻领会语文老师对语文教科书中的文本讲解，才能让语文教科书发挥应有的作用。

人类历史数千年，写作作为一种精神活动的历史也已十分漫长，天下好文章绝不是语文教科书就能容纳下的。所以，我们只有以语文教科书为依托，尽可能地阅读课外的书籍。但问题来了：这世界上的书籍浩如烟海、满坑满谷，一个人是不可能将其统统阅读尽的，即便是倾其一生，也不可能；关键是这些书籍鱼龙混杂，不是每一本、每一篇都值得劳心劳力去阅读的。这就要由一些专门的读书人去为普通百姓去选书，而对于中小学生而言，就更需要让有读书经验的人，为他们选择书籍了，好让他们将宝贵的时间用在最值得阅读的书籍上。

对于小学生而言，自由阅读固然重要，但有指导的阅读同样重要，甚至说更加重要。《语文第二课堂》就是基于这样的理念而编写成的。参与这套书编写的有专家学者，有一线的著名语文老师，我们的心愿是完全一致的：尽可能地将最好的文本集中呈现给孩子们，然后精心指导他们对这些文本加以阅读。从某种意义上说，这套书是因教科书而设置的语文课堂的延续和扩展——语文的第二课堂。

曹文轩

2019 年 4 月 29 日于北京大学

# 目 录

## 一团小小的炉火

梦想的芬芳

## 故事的力量

## 有趣的名字

# 读一读，想一想

## 中国楷模

## 中华成语故事

梦想的芬芳

# 古诗词积累——秀美风光诗

# 和大人一起读

# 一团小小的炉火

　　漆黑的寒夜，一团小小的炉火能为我们带来光明和温暖，照亮一些不曾察觉的事物。这个单元共有八篇文章，它们就像小小的炉火一样，照亮思维的角落，开拓思想的界限，让我们以更宽广的视野、更敏锐的观察力来看待这个世界。阅读这些文章，想一想，你得到了哪些感悟和启示呢？

梦想的芬芳

**导读**

　　在上学的马路边，在玩耍的公园里，我们总能见到各种各样的花草树木，你是否仔细观察过它们各自的特点？

# 几种树

叶圣陶

杨树直挺几丈高，

柳树倒挂细枝条。

银杏叶子像扇子，

香椿叶子像羽毛。

桃树杏树开花早，

马缨开花春夏交。

松树柏树常年绿，

枫树秋来红叶飘。

这首诗最大的特点，就是用简洁明快的语言生动地描绘出各种树木鲜明的特点，其中更用了比喻的手法，将银杏叶子比作扇子，将香椿叶子看作羽毛，显得活泼风趣，富有感染力。数一数，诗中一共写了几种树？每种树分别是什么样子的？是不是突然发现我们每天看到的树木原来这么有意思？

**导读**

　　有时候，你是否也觉得时间过得太慢，慢得无聊？有时候，又觉得时间过得太快，快得连游戏都还没有结束？来看看这首小诗是怎么描述这种体会的吧。

# 蜗牛和飞鸟

圣　野

为什么

我总是觉得，

星期天这天，

总比星期六，

过得更加快？

因为星期六，

没有玩具，

爬起来，像只蜗牛；

星期天，有动物园，

飞起来，像一只鸟。

## 牵手阅读

　　这首小诗从儿童的视角来看星期六和星期天，对于孩子来说，没有玩具的星期六是无聊的，所以时间过得很慢，好像一只蜗牛慢慢爬一样；而星期天可以去动物园，孩子玩得很开心，就觉得时间好像飞鸟似的，过得快极了。这种富有童趣的比喻是不是让你产生了共鸣？

**导读**

　　诗人周梦蝶的名字里也有一个"蝶"字，这首诗既是在写一只小蝴蝶，也是在表达诗人自己的心声。读读看，诗人想诉说什么样的心里话？

# 我是一只小蝴蝶（节选）

周梦蝶

我是一只小蝴蝶

我不威武，甚至也不绚丽

但是，我有翅膀，有胆量

我敢于向天下所有的

以平等待我的眼睛说：

我是一只小蝴蝶！

我是一只小蝴蝶

世界老时

我最后老

世界小时

我最先小

而当世界沉默的时候

世界睡觉的时候

我不睡觉

为了明天

明天的感动和美

我不睡觉

梦想的芬芳

你觉得这是一只什么样的小蝴蝶呢？或许在别人眼中，这只蝴蝶不过是一只不起眼的小蝴蝶，但它有勇气、有胆量，它不怕世界老去，也不怕一切变小，只因为那颗心，在无人看见的角落里，早已生长得无限美丽，带着自信、执着，以及对明天的追求。它敢于对天下所有平等看待它的眼睛说：我是一只小蝴蝶！你不妨也展开想象来仿写一首诗。

# 雨　后

冰　心

嫩绿的树梢闪着金光，

广场上成了一片海洋！

水里一群赤脚的孩子，

快乐得好像神仙一样。

小哥哥使劲地踩着水，

把水花儿溅起多高。

他喊："妹，小心，滑！"

说着自己就滑了一跤！

他拍拍水淋淋的泥裤子，

嘴里说："糟糕——糟糕！"

而他通红欢喜的脸上，

却发射出兴奋和骄傲。

小妹妹撅着两条短粗的小辫，

紧紧跟在这泥裤子后面，

她咬着唇儿，

提着裙儿，

轻轻地小心地跑，

心里却希望自己

也摔这么痛快的一跤！

　　这是一首描写儿童举止和心态的小诗，诗中的孩子们无忧无虑、无拘无束，尽情地玩水嬉戏，全诗洋溢着儿童嬉耍玩闹的欢乐快活之情。诗歌对孩童情态的描绘细致入微，相比于哥哥踩水摔跤的兴奋和骄傲，妹妹显得小心翼翼却又充满渴望，两种感受相对比，使得诗歌内容更加充实、饱满，给人一种摇曳多姿、富于变化的感受。冰心曾经表达过，她希望在儿童文学中描写出"健康活泼的儿童""快乐光明的新事物"和"光辉灿烂的远景"。这首小诗便是生动的代表。

梦想的芬芳

**导读**

图画书上有好多动物，狮子、大象、长颈鹿……你想象过它们从书中走出来时会是什么样吗？

# 在每一页上，不是狮子就是大象

［苏联］马雅可夫斯基

书本大门八字开，

各种野兽

走出来。

我让狮子先上场，

瞧它站在这里：

它不再是兽中王，

如今只是主席。

这种野兽叫作羊驼。

一大一小，

　　　　母女两个。


小塘鹅它小小个，

大大个是大塘鹅。


这是斑马。

　　　　神气活现！

浑身道道，

　　　　像是床垫。

这是公象、

　　　　母象、

　　　　　　小象，

画得就跟活的一样。

身子两三层楼高，

耳朵好像盘子，

脸上尾巴一长条，

原来这是鼻子。

嘴上长出——

　　　　　不说笑话！——

两根骨头，

　　　　叫作象牙。

它们吃喝要多少？

衣裳穿破多少套？

就连那些象宝宝，

都有我的爸爸高。

我请大家让一让道，

嘴巴嘴巴请张大。

要画它们，一页太小，

至少两页才画得下。


鳄鱼。孩子见了怕。

别去惹它为妙。

可是它在水底下，

现在看它不到。


这里一匹叫作骆驼，

货可以背，

　　　　人可以坐。

它在沙漠里面住，

吃些乏味小灌木。

它干活是一年干到头，

骆驼

　　　是劳动的

　　　　　牲口。


袋鼠。

　　　样子多么好玩。

手比别个短上一半。

可是瞧它

　　　两条腿，

比别个的长一倍。


长颈鹿，

　　　鹿颈长，

这么长的颈，

哪儿去找这么长的领？

鹿妈妈倒觉得

这样很好。

小鹿

有长脖子

给她们抱。


猴子。

样子滑稽非常。

干吗坐着像尊泥菩萨？

这活像是一个人像，

就多了一条大尾巴。

冬天怕冷，它不好受。

它的家乡是美洲。

都看完了。

　　该回家走。

再见，各位小野兽！


（任溶溶 译）

## 牵手阅读

　　马雅可夫斯基写的这首童话诗，是用"楼梯式"形式写成的。这种诗歌形式排列十分独特，朗读起来抑扬顿挫。诗中运用神奇的想象，幻想图画书中的动物一个个走出来，变成真实大小时的模样，充满了奇思妙想。请大声朗读这首诗，体会其中的趣味。

# 故事的力量

你喜欢读故事吗？故事一般是对一个事件发生过程的描述，情节具有生动性和连贯性，还往往带着一些小哲理。读一读这一章的小故事，看看它们想要告诉我们什么道理呢？

梦想的芬芳

**导读**

你喜欢小猫吗？这个故事里的小女孩就非常非常喜欢小猫咪。读一读这个故事，看看她是如何把小猫留在自己身边的。

# 小猫藏在篮子里

吕丽娜

从前有一个小女孩，她非常、非常想要一只小猫，一只白色的、温柔的小猫。

但是她的妈妈不同意。

于是小女孩偷偷跑去找住在山顶的巫婆。

巫婆给了小女孩一个用柳条编成的篮子，让她带回去给妈妈。

那个篮子很好看，小女孩的妈妈很喜欢。

她宣布："从明天起，我就用这个篮子去采购。"

第二天，小女孩的妈妈果真挎着篮子出门了。

当她回来的时候，篮子里装得满满的。

"快来看我买了什么！"小女孩的妈妈一边叫小女孩，一边从篮子里掏出各种东西。

先是面包。

然后是牛奶。

然后是苹果。

然后是茄子。

然后是——

一只白色的、温柔的小猫！

"天哪！"小女孩的妈妈好惊奇，"你是谁家的小猫？怎么会在我的篮子里？"

小猫喵喵地叫着，用脑袋去蹭妈妈的鞋子。

妈妈给小猫喝了些牛奶，然后对它说："你回家去吧。"

小猫摇了摇尾巴，跑开了。

"噢，妈妈！"小女孩叫道，"我们就不能留下它吗？"

"可它一定是别人家的小猫，它是因为想喝牛奶才钻进我的篮子里的。"妈妈回答。

但是，小女孩从妈妈的眼睛里看出来，妈妈其实是有一点喜欢那只小猫的。

第三天，小女孩的妈妈又挎着篮子出门了。

当她回来的时候，篮子里装得满满的。

"快来看我买了什么！"小女孩的妈妈一边叫小女孩，一边从篮子里掏出各种东西。

先是果酱。

然后是香肠。

然后是香蕉。

然后是西红柿。

然后是——

一只白色的、温柔的小猫!

小猫喵喵地叫着，用脑袋去蹭妈妈的鞋子。

妈妈给小猫吃了些香肠，然后对它说："你回家去吧。"

小猫摇摇尾巴，跑开了。

"噢，妈妈!"小女孩叫道，"我们就不能留下它吗?"

"可它也许是别人家的小猫，它是因为想吃香肠才钻进我的篮子里的。"妈妈回答。

但是小女孩从妈妈的眼睛里看出来，妈妈其实已经很喜欢那只小猫了。

第四天，小女孩的妈妈又挎着篮子出门了。

当她回来的时候，篮子里装得满满的。

"快来看我买了什么！"小女孩的妈妈一边叫小女孩，一边从篮子里掏出各种东西。

先是黄瓜。

然后是奶酪。

然后是麦片。

然后是牛肉。

然后是——

没有了，篮子已经空了。

妈妈看起来有些失望。

女孩哭了起来。

忽然，盛牛肉的那个纸袋动了起来，一

只白色的、温柔的小猫从里面钻了出来。

小女孩扑过去抱起小猫。

"噢，妈妈，"小女孩恳求道，"我们留下它，好不好？"

"好吧，"妈妈微笑着说，"看来，它是上天给我们的一份礼物。让我们好好爱它吧。"

小女孩觉得好幸福，因为她终于得到了一只白色的、温柔的小猫。

牵手阅读

这篇童话采用了源自民间故事的三段式情节结构，小猫在经历了两次"放逐"之后，才得以留在小女孩身边，这使得小猫与小女孩的相聚显得尤为珍贵。你能复述这个故事吗？

**导读**

　　你喜欢小狗吗？下面这个故事里就有一只非常可爱的小狗，人们都很喜欢它。突然有一天，小狗"丁零当啷"把它自己弄丢了！怎么会这样呢？到底发生了什么呢？去故事中寻找答案吧。

# 小狗的铃铛

## 金　波

　　有一只小狗，人们都叫它"丁零当啷"。

　　怎么叫这么一个怪名字呀？因为小狗的脖子上戴着一个金光闪闪的铃铛，一走起路来就"丁零当啷、丁零当啷"地响。

　　人们一听到这铃声，就说："小狗来了，欢迎，欢迎！"

小狗到处受到欢迎，走起路来就神气起来了。它无论走到哪里，都把铃铛摇得很响很响，为的是让大伙儿都能听见，好热烈地欢迎它。

　　忽然有一天，小狗的铃铛丢了，无论它走到哪儿，都悄没声儿的。小狗觉得很奇怪：人们怎么不理我了？

　　小狗晃晃脑袋，一点儿声音都听不到了。它跳一跳，还是没有声音。它又跑一跑，还是没有声音。

　　狗又着急又害怕，心里说："难道我把自己给丢了？这世界上再没有我'丁零当啷'了吗？人们再也不欢迎我了？我把自己丢了？"小狗一想到这些，就呜呜地哭起来了。它哭得真伤心啊，眼泪哗哗地往外流。

　　小青蛙一蹦一跳地来到小狗跟前："怎

么啦，'丁零当啷'？"

小狗一听小青蛙还在叫它"丁零当啷"，就想起了它的伤心事，一边哭一边说："别问了，别问了，我把自己给丢了！"

小青蛙见它哭得这么伤心，就把它领到镜子跟前，指着镜子里的小狗说："你仔细看看，这不是你吗？"

小狗眨巴眨巴眼睛，看看镜子里，又摇摇头，还是听不到"丁零当啷"的响声，就又哭起来了，一边哭一边大声喊着："那不是我，不是我。我是'丁零当啷'。现在听不到'丁零当啷'的声音了，我把自己给丢了。呜呜呜……呜呜呜……"

小青蛙真拿它没办法，叹叹气，只好走开了。小青蛙走了很远很远，还听到小狗一边哭一边喊着："怎么办啊？我把自己给丢了！呜呜呜……呜呜呜……"

牵手阅读

小狗真的把自己弄丢了吗？当然不是，它只是把代表自己的铃铛弄丢了。没有了铃铛的声音，各自忙碌的人们都不容易发现它了。小青蛙说得对，就算没有了铃铛，小狗依然还是小狗。铃铛是身外之物，当然不是"丁零当啷"，不能代表小狗自己。从小狗"丁零当啷"身上，你得到什么启示了么？其实，铃铛不是小狗，"丁零当啷"这个名字也不是小狗，只有小狗本身才是小狗，我们要正确认识自己，不要因为外在的事物而迷失了自我哦。

**导读**

现在是一个通讯发达的时代，电话、短信、微信、QQ……各种通讯方式多种多样。你跟朋友打电话的时候会聊什么内容呢？东东和西西是一对好朋友，他们是怎么打电话的呢？

# 东东西西打电话

梅子涵

东东和西西同时从家里跑出来。东东是去找西西的，西西是去找东东的，他们在路上碰见了。

东东说："西西，我告诉你，我家装电话了。"

西西说："东东，我也告诉你，我家也

装电话了。"

"我现在就给你打电话。"

"好！我也给你打电话。"

东东和西西跑回家，同时拿起了电话。咳！忘记问电话号码了！他们就奔出来，又在路上碰到了，你问我，我问你，"你家的电话号码是多少？"然后又记着号码往家里奔去。

东东念叨着西西的号码，按着电话钮，听见的是"嘟——嘟——嘟"的声音，没有听见西西问："喂，你是东东吗？"

西西也一样，听见的只是"嘟——嘟——嘟"的声音，没有听见东东问："喂，你是西西吗？"他们打了好久，全是"嘟——嘟——嘟"。东东想："她家的电话怎么一直是嘟嘟嘟的。"西西想："他家的电话怎么一直是嘟嘟嘟的。"忽然，他们都明白了，这是忙音。

"西西在打给我，所以，我打过去要嘟嘟嘟了。"东东心里说。

"东东在打给我，所以，我打过去要嘟嘟嘟了。"西西心里说。

于是，他们又都聪明起来，谁也不先打了。东东想：让西西先打过来吧。西西

想：让东东先打过来吧。他们就这样趴在桌上等着……

　　这是一个幽默有趣的小故事，故事里的东东和西西给彼此打电话却总是占线，然后又一起等对方的电话，这两个小朋友是不是看起来有一点笨笨的呢？其实不是哦，故事里东东和西西之间有非常纯真的友情，他们都很希望能跟对方聊天，才会一直占线；又害怕错过对方的电话，才趴在桌上等，所以才有了这个可爱的小故事。你也有这样的好朋友吗？

**导读**

　　这个故事里，有一只一心想孵小鸡的黑母鸡，主人却不允许它孵。不过，黑母鸡才没那么容易放弃呢。

# 痴　鸡

曹文轩

　　每年春天，总有那么几只母鸡，要克制不住地生出孵小鸡的欲望。那些日子，它们几乎不吃不喝，到处寻觅着鸡蛋。一见鸡蛋，就会惊喜得"咯咯咯"地叫唤几声，然后绕蛋转上几圈，蓬松开羽毛，慢慢蹲下去，将蛋拢住，焐在胸脯下面。但许多人家，却并无孵小鸡的打算，便在心里不能同意这些母鸡们的想法。再说，正值春日，应是母鸡们好好下蛋的季节。这些母鸡一旦要孵小鸡时，便进入痴迷状态，而废寝忘食的结果是再也不能下蛋。这就使得主人很恼火，于是就会采取种种手段将这些痴鸡们从孵小鸡的欲望中拖拽回来。

这样的行为，叫"醒鸡"。

我总记着许多年前，我家的一只黑母鸡。

那年春天，它也想孵小鸡。第一个看出它有这个念头的是母亲。她几次喂食，见它心不在焉，只是很随意地啄几粒食就独自走到一边去时，说："它莫非要孵小鸡？"我们小孩一听很高兴："噢，孵小鸡，孵小鸡了。"

母亲说"不能，你大姨妈家，已有一只鸡代我们家孵了。这只黑鸡，它应该下蛋。它是最能下蛋的一只鸡。"

　　我从母亲的眼中可以看出，她已很仔细地在心中盘算过这只黑鸡将会在春季里产多少蛋，这些蛋又可以换回多少油盐酱醋来。她看了看那只黑母鸡，似乎有点儿为难。但最后还是说："万万不能让它孵小鸡。"

　　这一天，母亲终于认定了黑母鸡确实有了孵小鸡的念头，并进入状态了。得出这一结论是因为她忽然发现黑母鸡不见了，便去找它，最后在鸡窝里发现了它，那时，它正一本正经、全神贯注地趴在几只尚未来得及取出的鸡蛋上。母亲将它抓出来时，那几只鸡蛋早已被焐得很暖和了。

　　母亲给了我一根竹竿："撵它，大声喊，把它吓醒。"

　　"让它孵吧。"

　　母亲坚持说："不能，鸡不下蛋，你连

买瓶墨水的钱都没有。"

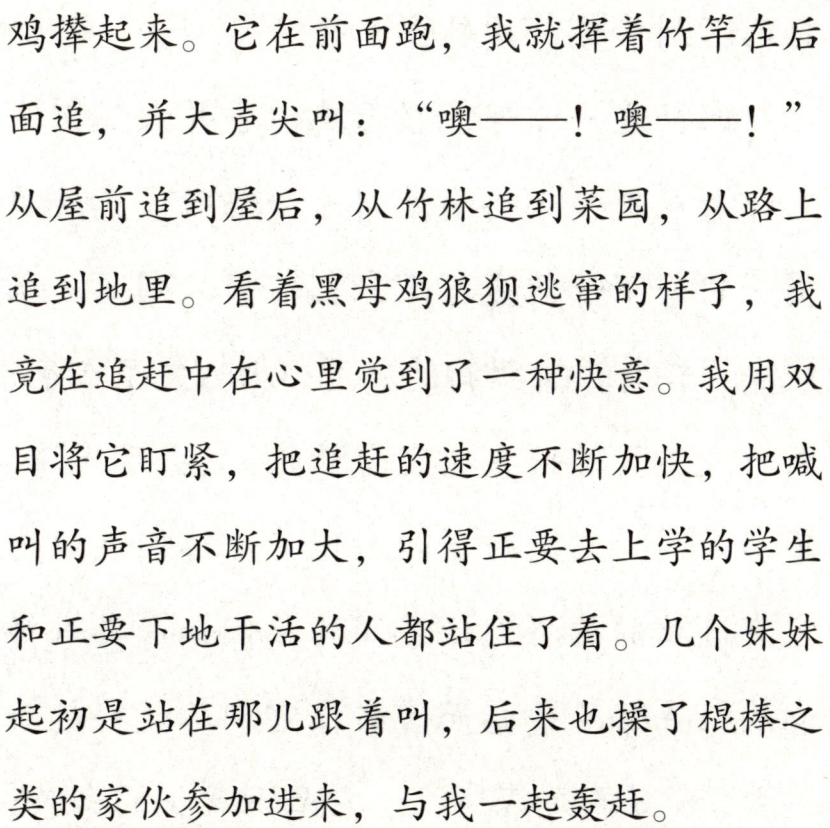

我知道不能改变母亲的主意，取过竹竿，跑过去将黑鸡撵起来。它在前面跑，我就挥着竹竿在后面追，并大声尖叫："噢——！噢——！"从屋前追到屋后，从竹林追到菜园，从路上追到地里。看着黑母鸡狼狈逃窜的样子，我竟在追赶中在心里觉到了一种快意。我用双目将它盯紧，把追赶的速度不断加快，把喊叫的声音不断加大，引得正要去上学的学生和正要下地干活的人都站住了看。几个妹妹起初是站在那儿跟着叫，后来也操了棍棒之类的家伙参加进来，与我一起轰赶。

黑母鸡的速度越来越慢，翅膀也耷拉了下来，还不时地跌倒。见竹竿挥舞过来，只好又挣扎着爬起，继续跑。

我终于精疲力竭地瘫坐在了草垛底下，一边喘气，一边抹着额头上的大汗。

黑母鸡钻到了草丛里，一声不吭地直将自己藏到傍晚，才钻出草丛。

但经这一惊吓，黑母鸡似乎并未醒来。它晾着双翅，咯咯咯地叫着，依旧寻觅着鸡蛋。它一下子就瘦损下来，似乎只剩了一只空壳。本来鲜红欲滴的鸡冠，此时失了血色，而一身漆黑的羽毛也变得枯焦，失去了光泽。不知是因为它总晾着翅膀使其他鸡们误以为它有进攻的意思，还是因为鸡们如人类一样喜欢捉弄痴子，总而言之，它们不是群起而追之，便是群起而啄之。它毫无反抗的念头，且也无反抗的能力，在追赶与攻击中，只能仓皇逃窜，只能蜷缩在角落里，被啄得一地羽毛。它的脸上已有几处流血。

每逢看到如此情景，我一边为它的执迷不悟而生气，一边用竹竿去狠狠打击那些心狠嘴辣的鸡们，使它能够摇晃着身体躲藏起来。

没过几天，大姨妈家送孵出的小鸡来了。

黑母鸡一听到小鸡叫，立即直起颈子，随即大步跑过来，翅大身轻，简直像飞。见了小鸡，它竟不顾有人在旁，就咯咯咯地跑过来。它要做鸡妈妈。但那些小鸡一见了它，就像小孩见到疯子，吓得四处逃散。我仿佛听见黑母鸡说"你们怎么跑了"，只见它四处去追那些小鸡。等追着了，它就用大翅将它们罩到了怀里。那些被罩住的小鸡，就在黑暗里惊叫，然后用力地钻了出来，往人腿下跑。它东追西撵，弄得小鸡们东一只西一只，四下里一片"唧唧唧"的鸡叫声。

母亲说："还不赶快将它赶出去！"

我拿了竹竿，就去轰它。起初它不管不顾，后来终于受不了竹竿抽打在身上的疼痛，只好先丢下了小鸡们，逃到竹林里去了。

我们将受了惊的小鸡们一只一只找回来，它们互相见到之后，竟很令人怜爱地互相拥挤成一团，目光里满是怯生生的神情。

而竹林里的黑母鸡，一直在叫唤着。停住不叫时，就在地上啄食。其实并未真正啄食，只是做出啄食的样子。在它眼里，它的周围似乎有一群小鸡。它要教它们啄食。它竟然在啄了一阵食之后，幸福地扇动了几下翅膀。

当它终于发现，它只是孤单一只时，便从竹林里惊慌地跑出来，到处叫着。

被母亲捉回笼子里的小鸡们，听见黑母鸡的叫声，挤作一团，瑟瑟发抖。

母亲说："非得把这痴鸡弄醒，要不，这群小鸡不得安生的。"

母亲专门将邻居家的毛头请来对付黑母鸡。毛头做了一面小旗，然后一笑，将黑母鸡抓住，将这面小旗缚在了它的尾巴上。毛头将它松开后，它误以为有什么东西向它飞来了，惊得大叫，发疯似的跑起来。那面小旗直挺挺地竖在尾巴上，在风中沙沙作响，这就更增加了黑母鸡的恐惧，于是更不要命地奔跑。

我们就都跑出来看。黑母鸡不用人追赶，屋前屋后无休止地跑着，样子很滑稽。于是邻居家的几个小孩，就拍着手，跳起来乐。

黑母鸡后来飞到了草垛上。它原以为会

摆脱小旗的，不想小旗仍然跟着它。它又从草垛上飞了下来。在它从草垛上飞下来时，我看见那面小旗在风中飞扬，犹如给黑母鸡又插上了一只翅膀。

其他的鸡也被惊得到处乱飞，家中那只黄狗汪汪乱叫。地地道道的鸡犬不宁。

黑母鸡钻进了竹林，那面小旗被竹枝勾住，终于从它的尾巴上被拽了下来。它跌倒在地上，很久未能爬起来，张着嘴巴光喘气。

黑母鸡依旧没有能够醒来。而经过这段时间的折腾，其他的母鸡也不能下蛋了。

"把它卖掉吧。"我说。

母亲说："谁要一副骨头架子？"

邻居家的毛头似乎很乐于来处置这只黑母鸡。他又一笑，将它抱到河边上，突然一旋身体，将它抛到河的上空。黑母鸡落到水中，沉没了一下，浮出水面，伸长脖子，向岸边游来。毛头早站在了那儿，等它游到岸边，又将它捉住，更远地抛到河的上空。毛头从中得到了一种残忍的快感，咧开嘴乐，将黑母鸡一次比一次抛得更远，而黑母鸡越来越游不动了。鸡的羽毛不像鸭的羽毛不沾水，几次游动之后，它的羽毛完全地湿透，露出肉来的身体便如铅团一样坠着往水里沉，它奋力拍打着翅膀，十分吃力地往岸边游着。好几回，眼看就要沉下去了，它又挣扎着伸长脖子游动起来。

毛头弄得自己一身是水。

当黑母鸡再一次拼了命游回到岸边时，母亲让毛头别再抛了。

黑母鸡爬到岸上，再也不能动弹。我将它抱回，放到一堆干草上。它缩着身体，在阳光下瑟瑟发抖。呆滞的目光里，空空洞洞。

　　黑母鸡变得古怪起来，它晚上不肯入窝，总要人找上半天，才能找回它。而早上一出窝，就独自一个跑开了，或钻到草垛的洞里，或钻在一只废弃了的盒子里，搞得家里的人都很心烦。又过了两天，它简直变得可恶了。当小鸡从笼子里放出，在院子里走动时，它就会出其不意地跑出去追小鸡。一旦追上时，它便显出一种变态的狠毒，竟如鹰一样，用翅膀去打击小鸡，直把小鸡打得乱飞乱叫。

　　母亲赶开它说："你大概要挨宰了！"

　　一天，家里无人，黑母鸡大概因为一只小鸡并不认它，企图摆脱它的爱抚，竟啄了

那只小鸡的翅膀。

母亲回来后见到这只小鸡的翅膀流着血，很心疼，就又去叫来毛头。

毛头说："这一回，它再不醒，就真的醒不来了。"他找了一块黑布，将黑母鸡的双眼蒙住，然后举起来，将它的双爪放在一根晾衣服的铁丝上。

黑母鸡站在铁丝上晃悠不止，那时候它的恐惧，可想而知，大概要比人立于悬崖面临万丈深渊更甚。因为人毕竟可以看见万丈深渊，而这只黑母鸡却在一片黑暗里。它用双爪死死抓住铁丝，张开翅膀竭力保持平衡。

起风了，风吹得铁丝呜呜响。黑母鸡在铁丝上开始大幅度地晃悠。它除了用双爪抓住铁丝，还蹲下身子，将胸脯紧贴着铁丝，两只翅膀一刻也不敢收拢，即便是这样，在经过长时间的坚持之后，保持平衡也已随时不能了。它几次差点儿从铁丝上栽下来，靠用力扇动翅膀之后，才又勉强留在了铁丝上。

我看了它一眼，上学去了。

课堂上，我就没有怎么听老师讲课，眼前老是晃动着一根铁丝，铁丝上站着那只摇摆不定的黑母鸡。放了学，我匆匆往家赶，进院子一看，却见黑母鸡居然还奇迹般地留在铁丝上。我立即将它抱下，解了黑布，将它放在地上。它瘫痪在地上，竟一步不能走动了。

母亲抓了一把米，放在它嘴边。它吃了几粒就不吃了。母亲又端来半碗水，它却迫不及待地将嘴伸进水中，转眼间就将水喝光了。这时，它慢慢地立起身，摇晃着走到篱笆下。估计还是没有力气，就又在篱笆下蹲了下来，一副很安静的样子。

母亲叹息道："这回大概要醒来了。再醒不来，也不要再去惊它了。"

傍晚，黑母鸡等其他的鸡差不多进窝后，也摇摇晃晃地进了窝。

我对母亲说："它怕是真的醒了。"

母亲说："以后得把它分开来，让它吃些偏食。"

然而，过了两天，黑母鸡却不见了，无论你怎么四处去唤它，也未能将它唤出。我们就只能寄希望于它自己走出来了。但一个星期过去了，也未能见到它的踪影。

我就满世界去找它，大声呼唤着。

母亲说："怕是被黄鼠狼拖去了。"

我们终于失望了。

母亲很惋惜："谁让它痴的呢？"

起初，我还想着它，十天之后，便也将

它淡忘了。

黑母鸡失踪后大约三十多天，这天，我和母亲正在菜园里种菜，忽然隐隐约约地听到不远处的竹林里有小鸡的叫声。"谁家的小鸡跑到我们家竹林里来了？"母亲这么一说，我们也就不再在意了。但过不一会儿，又听到了咯咯咯的母鸡声，我和母亲不约而同地都站了起来："怎么像我们家黑母鸡的声音？"再寻声望去时，眼前的情景把我和母亲惊呆了。

黑母鸡领着一群小鸡正走出竹林，来到一棵柳树下。当时，正是中午，阳光明亮耀眼，微风中，柳丝轻轻飘扬。那些小鸡似乎已经长了一些日子，都已显出羽色了，竟一只只都是白的，像一团团雪，在黑母鸡周围欢快地觅食与玩耍。其中一只，看见柳丝在飘扬，竟跳起来想用嘴去叼住，却未能叼住，倒跌在地上，翻了一个跟头。再细看黑母鸡，只见它神态安详，再无一丝痴态，鸡冠也红了，毛也亮亮闪闪的，又紧密又有光泽。

我跳过篱笆，连忙从家里抓来米，轻轻走过去，撒给黑母鸡和它的一群白色的小鸡。它们并不怕人，很高兴地啄着。

母亲纳闷："它是在哪儿孵了一窝小鸡呢？"

半年之后，我和母亲到距家五十多米的东河边上去准备把一垛草弄回来时，发现那个本是孩子们捉迷藏用的洞里，竟有许多带有血迹的蛋壳。我和母亲猜想，这些鸡蛋，就是在黑母鸡发痴时，我家的其他母鸡受了惊，不敢在家里的窝中下蛋，将蛋下到这儿来了。这片地方长了许多杂草，很少有人到

梦想的芬芳

这儿来。大概是草籽和虫子，维持了黑母鸡与它的孩子们的生活。

黑母鸡自从出现之后，就再也没有领着它的孩子们回那个寂寞的草垛洞。

 牵手阅读

"我要做妈妈！"这个念头在黑鸡的心理魂牵梦绕，任凭各种磨难迎面而来———真是一只痴情的鸡！作家用痴鸡的故事展示了磅礴的生命意识和深厚的人文情怀。仔细思考，黑母鸡因"发痴"而吃了哪些苦头？小说里的痴鸡让你想到哪些人和事？

老虎是百兽之王，作为一种猛兽，老虎怎么能没有锋利的牙齿呢。这篇故事里大老虎就失去了锋利的牙齿，读一读是为什么吧。

# 没牙齿的大老虎

冰 子

大老虎的牙齿真厉害。

大家都害怕老虎，只有狐狸说："我不怕，我还能把老虎的牙齿全拔掉呢。"

大家谁也不相信，都说狐狸吹牛。

狐狸真的去找老虎了。他带了一大包礼物："啊，尊敬的大王，我给你带来了世界上最好吃的东西——糖。"

故事的力量

糖是什么？老虎从来没有尝过。他吃了一粒奶油糖，啊哈，好吃极了。

狐狸就常常送糖来。老虎吃了一粒又一粒，连睡觉的时候，也把糖含在嘴里呢。

大老虎的好朋友狮子劝他说，糖吃得太多，又不刷牙，牙齿会被蛀掉的。

大老虎正要刷牙，狐狸来了："啊，你把牙齿上的糖全刷掉了，多可惜呀。"

馋嘴的老虎听了狐狸的话，不刷牙了。

过了些时候，半夜里，老虎牙疼了，痛得他捂住脸哇哇地叫……

老虎忙去找牙科医生马大夫："快，快把我的牙拔了。"

马大夫一听要给老虎拔牙，吓得门也不敢开了。

老虎又去找牛大夫，牛大夫也忙说："我……我不拔你的牙……"

驴大夫更不敢拔老虎牙了。

老虎的脸肿起来了，痛得他直叫喊："谁能把我的牙拔掉，我就让谁做大王。"

这时候，狐狸穿着白大衣来了："我来拔吧。"老虎谢了又谢。

"哎哟哟，你的牙全被蛀掉了，得全拔掉！"狐狸说。

"唉，只要不痛，就拔吧！"老虎哭着说。

嗬，狐狸把老虎的牙全拔掉了。

瞧，这只没有牙齿的老虎成了瘪嘴老虎啦。

老虎还挺感激狐狸呢，他说："还是狐狸好，又送我糖吃，又替我拔牙。"

梦想的芬芳

牵手阅读

　　作者把动物世界的逻辑与孩子们生活中的逻辑结合在一起，用个性鲜明的角色设计和有悬念的故事安排，编织成一则有趣的动物故事。读完故事，你想一想老虎与狐狸的对话是怎样展开的？

# 有趣的名字

　　我们每个人都有自己的名字，世界上的万事万物也有名字，名字通常包含着特殊的寓意，寄托了美好的愿望。本单元的故事，介绍了各种奇怪、有趣的名字，还有和名字有关的好玩的故事。阅读这些故事后，仔细观察一下，生活中还有哪些有意思的名字？

梦想的芬芳

# 两只小鸡

立陶宛民间童话

　　从前有一只公鸡和一只母鸡。母鸡孵出了一只小黄鸡，爸爸妈妈叫它小唧唧。不幸的是小唧唧出世不久，老鹰把鸡妈妈叼走了。

　　鸡爸爸又领来了一只母鸡，名字叫咕咕。咕咕孵出了一只小黑鸡，它说："我们得给小黑鸡取一个又长又美的名字，听说名字越长，活得也越长。"

它们给小黑鸡起了个特别长的名字，叫作"我们的小娇娇蓝眼睛绿嘴壳红冠子飞毛腿机灵的脑袋乌黑的羽毛爸爸妈妈的小宝贝"。哎呀，真是又美又长。

两只小鸡待在一块儿，小黄鸡老得干活，小黑鸡哪，谁也懒得叫它去干活，因为一想起要念这么长的名字，还不如叫一声小唧唧痛快。

"小唧唧，去弄点儿水来！"

"小唧唧，去挖点儿蚯蚓来！"

"小唧唧，去捉点儿虫子来！"

时间长了，有着又美又长的名字的小黑

鸡，什么也不用干，光知道晒太阳。

有一天，一只狐狸溜进了院子，抓住了小黄鸡，公鸡爸爸马上叫了起来："小唧唧被狐狸抓着啦！"

猪、狗和山羊一听，连忙赶来追狐狸。狐狸吓得忙把小唧唧放下跑掉了。

第二天，狐狸又来了，一下抓住了正在晒太阳的小黑鸡。母鸡妈妈忙喊道："我们的小娇娇蓝眼睛绿嘴壳红冠子飞毛腿机灵的脑袋乌黑的羽毛爸爸妈妈的小宝贝被狐狸抓着啦！"

还没等它把这个啰唆的长名字全念完，狐狸早就叼着小黑鸡跑掉了。

　　我们的小·娇娇蓝眼睛绿嘴壳红冠子飞毛腿机灵的脑袋乌黑的羽毛爸爸妈妈的小·宝贝……这么长的名字，念下来都要喘不过气啦。在我们的生活中，好像很少有人有这么长的名字，大家彼此之间也无法互相交换、赠送名字，不过，正是因为作者在名字上的奇思妙想，才有了这么一个风趣可爱的童话故事。那么，你更喜欢长名字还是短名字呢？

**导读**

有一个爸爸，他给大儿子取名叫明，给二儿子取名叫明明，给三儿子取名叫明明明，如果他要同时叫三个儿子的话，该怎么办呢？

# 明明明明明明

[德] 于尔克·舒比格

　　有一个爸爸有三个儿子，三个儿子长得一模一样。

　　老大叫作明，老二叫作明明，老幺叫作明明明。三个儿子常常在花园里玩，到了吃饭的时候，爸爸就会叫他们。如果是要叫三个儿子，他就大喊："明明明明明明。"后来，爸爸想到了比较简单的叫法：明明明。

因为明明明这个名字有三个字，而且包含了其他两个名字，明与明明。但是有时爸爸要叫老幺，三个儿子却通通跑来了。有时他是要叫三个儿子，却只有老幺跑来。更混乱的是，他叫老大明，但是老大没有反应，爸爸只好叫两次或三次，那么跑来的很可能是明明或明明明。

爸爸不得不承认，他替儿子取的名字不好。他得重新给儿子取名字，于是现在，老大叫明年，老二叫明月，老幺叫明日。

（林敏雅 译）

梦想的芬芳

　　你想象过如果我们的名字都一样，会是什么情景吗？这个故事中的爸爸就经历了这种状况。明明明明明明，真是奇怪的叫法！故事里的爸爸也发现了，如果给孩子们都取同样的名字，那就会相当不方便，会出现各种意料之外的状况。生活中，我们很少遇到兄弟姐妹拥有同样的名字的情况，但作者想象出了这件可能发生的事，然后写了下来，所以我们才能看到这么一个有趣的故事。如果平时你也想象到了有趣的故事，记得及时写下来。

在森林里，有一只会说话的小熊。一天，他正躺在草坪上晒太阳，耳边却听到了几个动听的词语，这些词语是什么呢？

# 心爱的名字

吕丽娜

在一座古老的大森林里，有一只会说话的熊。在那里一只熊会说话，是一件很了不起的事情。

他会说"太阳"，因为他喜欢太阳，他总是喜欢让温暖的阳光，把他的皮毛一点一点、一点一点地晒热。

他会说"蜂蜜"，因为他好喜欢蜂蜜

的味道；他当然也会说"蜜蜂"，因为没有亲爱的蜜蜂，哪里会有蜂蜜。

他会说"雏菊"，因为雏菊是他最爱的花儿，他喜欢它们美丽的颜色和淡淡的香气。

他会说"橡树"，因为橡树是他最心爱的树，他自己的家，就在一棵老橡树的树洞里。

他会说"鸟儿"，因为他喜欢鸟儿。他总是乐意和那些羽毛鲜艳、叽叽喳喳的小邻居们分享他的面包。

他会说"湖"，因为他有一个自己的秘密小湖，他总是到那里喝水，顺便照一照自己的影子。

熊会说的词，大概就是这些了。是的，并不算多，但一只熊不像一个人类的孩子，需要懂得成千上万个词，一只熊能叫出所有心爱东西的名字，已经很了不起、很了不起了。

有一天，他正躺在草坪上，让温暖的阳光晒热他的肚皮，一个小小的声音在他的耳边说："琳达、嘀嗒、吉儿、朵朵……"

他跳了起来，东张西望，却找不到是谁在说话。"我做梦了吗？"他想，"我听到有谁在我的耳边说：'琳达、嘀嗒、吉儿、朵朵……'"

他试着把这几个词说出来，他觉得这几个词很动听。可它们是什么意思呢？琳达、嘀嗒、吉儿、朵朵……

几天后一个晴朗的日子，他遇到了一个可爱的熊姑娘。他第一眼看见她时，"琳达"这个词就像一只小鸟，从他的嘴巴里飞了出来。她温柔地笑了，她喜欢这个名字。

梦想的芬芳

很快，他们有了三只可爱的小熊：嘀嗒、吉儿和朵朵。

太阳、蜜蜂、蜂蜜、雏菊、橡树、鸟儿、湖、琳达、嘀嗒、吉儿、朵朵，熊会说的词，大概就是这些了。是的，并不算多，但一只熊不像一个人类的孩子，需要懂得成千上万个词，一只熊能叫出所有心爱东西的名字，已经很了不起、很了不起了。

 牵手阅读

一只会说话的小熊，多么了不起啊！他会说的词语并不算多，可每一个都联系着他心爱的东西，里面饱含着满满的情感。你是否也像小熊一样，拥有心爱的名字？请说说看吧。此外，文中有一段话重复了两次，你有没有发现呢？你喜欢这种重复吗？

# 读一读，想一想

　　我们学新东西的时候，要动脑子才能学会，其实阅读也是一个需要思考和动脑的过程。本章选取了三个需要动脑筋思考的小故事，试着读一读，感受故事里主人公们的智慧吧！读完这些故事，想一想，你又从这些故事里学到了什么呢？

梦想的芬芳

**导读**

　　十个渔夫数来数去，怎么数都是九个人，还有一个伙伴不见了，这怎么办呢？可是路人数的却是十个人，到这个幽默的小故事里找一找是为什么吧。

# 十个渔夫

郭万珍

　　滹沱河的旁边，有一片村落，住着十个渔夫。他们出去网鱼和回家的时候，总是一块儿的。有一天，他们要回家了，第一个渔夫要看他的伙伴齐了没有，于是"一，二，三，四，五，六，七，八，九"地数了一数。他很惊讶地说："怎么少了一个人呢？我们不是一共十个人吗？数错了？"于是，他又

"一，二，三，四，五，六，七，八，九"地数了一遍。他更惊讶了，说道："掉在河里了吗？"第二个渔夫也"一，二，三，四，五，六，七，八，九"地数了一次，也十分惊讶地叫道："真掉在河里了！为什么我们没有看见？"第三个渔夫第四个渔夫……都数了一次。大家数来数去，只得九个。他们没有法子，只是瞪着眼你瞧我我瞧你地呆起来，然后就哭了！一个走路的看见他们在那里哭，便问他们道："天黑了，为什么不回去，却在这里哭？"第一个渔夫答道："我们十个伙伴，掉了一个，能不伤心么！"说着又哭起来。走路的暗地给他们数了一数，不觉大笑道："哈哈！你们的伙伴没有失掉，让我给你们数一数吧。"于是，他"一，二，三，四，五，六，七，八，九，十"地替他们数了一次，果然对了。那十个渔夫见伙伴没有失掉，就很欢喜地回家了。

小朋友，你们知道为什么那十个渔夫自己数时，只得九个？请你们想想吧。

牵手阅读

读完这个故事，你知道为什么那十个渔夫自己数时只有九个人，而路人数的却是十个了吗？因为每一个渔夫在数人数的时候都把自己给忘记了呀！而不在十个人之中的路人却能把他们全部都数到。这个幽默的小故事对你有什么启示吗？

魔术是一种不断变化、让人捉摸不透的表演艺术。魔术师都有一双灵巧的双手和很多奇妙的道具，他们的魔术帽里似乎藏着许许多多的东西，真的是这样吗？

# 会打喷嚏的帽子

蔺 力

魔术团里，有一位老爷爷。老爷爷有一顶奇怪的帽子。他朝帽子里吹一口气，里面就会变出许多好吃的东西来，有糖果、蛋糕，还有苹果……

"咳！把这顶奇怪的帽子偷来，该有多好！"

这话谁说的？嗯，是几只耗子说的。晚

读一读，想一想

073

上，它们就溜到老爷爷家里去了。

老爷爷正睡觉呢，那顶奇怪的帽子，没放在柜子里，也没放在箱子里。在哪儿呢？就盖在老爷爷的脸上。

"好哇，我看还是叫小耗子去偷最合适，它个子小，脚步又轻。"大耗子挤挤眼睛说。

"吱……"小耗子害怕得尖叫起来，"我不去！我怕呼噜！你们没有听见吗？奇怪的

帽子里藏着一个呼噜，它叫起来，地板、窗户都会动的，吓人！"

可不是，老爷爷在打呼噜，呼噜呼噜，像打雷似的。

大耗子叫黑耗子去偷，黑耗子不敢，叫灰耗子去，灰耗子也不敢，反正叫谁去，谁都说"不敢"。

大耗子生气了，摸摸长胡子说："好啦！好啦！都是胆小鬼，你们不去，我去。等会儿，我偷了帽子，变出许多好吃的东西来，你们可别流口水。"

话是这么说，其实呀，大耗子心里也挺害怕，它一步一抬头，防着帽子里那个呼噜突然钻出来咬它。也真巧，它刚走到老爷爷床前的时候，呼噜不响了。这下，大耗子可得意了，原来呼噜怕我呀！它轻轻一跳，跳上了床，爬到老爷爷的枕头边，用尖鼻子闻了闻那顶帽子，喷喷，好香哟，有糖果的味儿、蛋糕的味儿……快！它把尾巴伸到帽子底下去，想用尾巴把帽子顶起来……咦，这是怎么啦？尾巴伸到一个小窟窿里去了……哎呀，什么小窟窿，是老爷爷的鼻孔啊！

"阿嚏——"老爷爷觉得鼻孔痒痒的，打了个大大的喷嚏，吓得大耗子连滚带爬，一口气跑到门口，对它的伙伴说"快跑，快跑！"

**牵手阅读**

耗子们这边是一场辛苦的忙碌，老爷爷却一直睡得呼噜呼噜，这一动一静的对比，使情节越发有趣。小朋友们，你们可以一起分角色表演这个故事。

**导读**

　　七只小猪去找工作啦，小猪礼拜日在狐狸老板巴塔那里找到了看管西瓜地的工作，这份工作的要求有点苛刻，不过礼拜日却一口答应了，狐狸老板的小计策可是要落空了哦。

# 七只小猪

野　军

　　七只小猪住在一起，它们长得又白又胖，简直是一个模子造出来的，十分相像。它们的名字是：礼拜一、礼拜二、礼拜三、礼拜四、礼拜五、礼拜六、礼拜日。

　　七只小猪整天待在家里，很闷气，觉得应该去外边找份活干干。再说，也不能老是待在家里，坐吃山空嘛！

一天，七只小猪出了门，分头去找工作。找了好几天，六个弟兄没能找到活干，只有礼拜日找到了一份看管西瓜地的活。西瓜地的主人狐狸巴塔对礼拜日说："一个星期你得看管七天，吃喝拉撒全在地里，夜里也不能回家。"

找份活不容易，礼拜日满口答应："行！"

就这么说定了，巴塔让礼拜日星期一开始上班。

礼拜日回到家，对六个弟兄说了，大家也很高兴。可是弟兄们都担心礼拜日这么日夜干活，没休息日，会累垮身体。礼拜日胸有成竹地说："我已经想好了，这份工作我们一起干，让大家都可以解解闷气。"

六个弟兄听它这么一说，都很赞成这个主意。

第二天是星期一。一大早，礼拜一上西瓜地去干活了。到了半夜，它偷偷地溜回了家。

第三天是星期二，是礼拜二在西瓜地里干活，到了半夜，它偷偷地溜回了家。

……

就这样，七只小猪轮流着到西瓜地干活，一个星期每只小猪只干一天活，休息六天，既轻松又解了闷气。西瓜地的主人狐狸巴塔见小猪每天干活都精神饱满，没一点儿偷懒的样子，也很满意。

一个星期又一个星期，地里的西瓜一天天越结越多，越长越大，圆溜溜的，惹人喜欢。到了该收摘的时候了。那天是星期天，轮到礼拜日上班，它对狐狸巴塔说："我干了这么多日子的活，你还没付给我一分钱工钱呢！"

巴塔显出一副为难的样子，说："今年种西瓜的太多了，又是西瓜大年，市场上西瓜堆成了一座座小山，卖不出好价钱啊！我想，还是用西瓜来抵你的工钱吧。"

"那你给我多少个西瓜呢？"礼拜日问。

巴塔眼珠儿骨碌碌一转，说："这样吧，让你吃个饱，吃饱了西瓜，你就回家，咱们两清。"

"行！"礼拜日爽快地回答，"我明天一早就来吃西瓜，吃饱为止。"

巴塔心里暗自得意："这傻小猪上当了，它顶多只能吃两个大西瓜，再吃，不撑破肚子才怪呢。"

第二天一大

早，狐狸巴塔急匆匆来到西瓜地，看见小猪已经扒开了个大西瓜，在稀里哗啦啃着。巴塔就在一旁坐下来，一边抽烟，一边看着小猪吃瓜。

其实，这会儿在吃西瓜的是礼拜一。那礼拜日天没亮就来了，早就吃了两个大西瓜，把瓜皮朝远处一扔，钻到西瓜地后面的矮树丛里。那里躺着它的六个弟兄。

礼拜一吃完了一个大西瓜，去摘第二个大西瓜，边走边说："胀死了，我得撒泡尿。"说着，它走到了矮树丛后边。不一会儿，礼拜二走出矮树丛，从地里摘下一个大西瓜，走到巴塔面前扒开西瓜，又稀里哗啦吃了起来。它吃完了瓜，又说："我得再撒一泡尿，再吃一个西瓜。"

巴塔想：这小猪胃口倒不小，就让它吃三个西瓜吧。

礼拜二走到矮树丛后面，换来了礼拜三。礼拜三吃了一个大西瓜，又要撒尿，换来了礼拜四……就这样，一个个吃瓜，一次次撒尿，七只小猪轮着干，不到半天，吃了二十个大西瓜。巴塔暗暗叫苦："这小猪撒了尿，就像没吃过瓜似的，越吃越起劲了！"可是，你也没规定人家不能撒尿啊！

牵手阅读

这篇童话故事里的七只小猪是不是非常机智呢？在七只小猪和狐狸巴塔"交手"的过程中，没有出现对立，而是充盈着轻巧的幽默、自信和快乐。

# 中国楷模

中华民族千百年来，涌现出许多璀璨的繁星，他们用光辉的形象、模范的行为、崇高的精神、一流的业绩，谱写了一曲曲时代之歌。不同的时代，有着不同的时代楷模，诠释着不同的时代精神，时代楷模与时代同行，与时代精神紧紧相连。本单元主要介绍了舍身炸碉堡的战斗英雄董存瑞，阅读故事时，想一想，他的故事给你什么启发和触动呢？

**导读**

董存瑞是解放战争时期著名战斗英雄。阅读这篇文章，想想看，董存瑞的故事展现了他什么样的精神品质呢？

# 舍身炸碉堡的战斗英雄董存瑞

董存瑞，1929年出生于河北省怀来县的一个贫苦农民家庭。在抗战时期当过儿童团长，十三岁时，曾机智地掩护区委书记躲过日军的追捕，被誉为"抗日小英雄"。1945年7月参加八路军，后任某部六班班长。1947年3月加入中国共产党。他军事技术过硬，作战机智勇敢，在一次战斗中只身俘敌十余人。

1948年5月25日，我军攻打隆化城的战斗打响。董存瑞所在连队担负攻击国民党守军防御重点隆化中学的任务。他任爆破组组长，带领战友接连炸毁4座炮楼、5座碉堡，胜利完成了规定的任务。连队随即发起冲锋，突然遭敌设在学校围墙外一条干河上的桥型暗堡猛烈火力的封锁。部队受阻于开阔地带，二班、四班接连两次对暗堡爆破均未成功。董存瑞挺身而出，向连长请战："我是共产党员，请准许我去！"他郑重地把随身携带的东西交给了指导员，表示如果他牺牲了，这些东西就作为他的最后一次党费。

董存瑞毅然抱起炸药包，冲出战壕，匍匐前进。前进中左腿负伤，仍然坚持冲至暗堡下。由于桥型暗堡距地面超过他的身高，两头桥台又无法放置炸药包。眼看着后续部队已经攻了上来，再拖延一分钟，就会有更多的战士流血牺牲。危急关头，站在桥底的董存瑞，毫不犹豫地用左手托起炸药包贴在暗堡上，右手猛地拉燃导火索，高喊："同志们，为了新中国，冲啊！"碉堡被炸毁，年仅十九岁的董存瑞，以自己的生命为部队开辟了前进的道路。

一个普通的身躯，巍峨成一座山；一个倔强的士兵，耸立成一座碑。这一不朽的画面成为中国革命史上一个闪耀的特写镜头，史诗一样深深地烙在人们的心里。中华民族的历史长河里，中国革命的辉煌乐章中，从此又有了一段令人自豪的记忆。

董存瑞牺牲后，东北野战军第十一纵队党委追记他为纵队战斗英雄、模范共产党员。命名董存瑞生前所在的六连六班为"董存瑞班"。隆化中学改名为存瑞中学。1950 年全国战斗英雄和劳动模范代表会上，董存瑞被追认为全国战斗英雄。董存瑞精神激励着一代又一代青年为祖国和人民的事业而献身。

牵手阅读

纵观历史长河，有多少仁人志士为保卫祖国而牺牲，有多少英雄儿女为反抗敌人而壮烈牺牲，可他们从不后悔，心甘情愿地为国家付出一切，尤其是那个用身体作为支架，手拿炸药包，与敌人同归于尽的仅有 19 岁的革命英雄——董存瑞。尽管董存瑞牺牲了，但他那视死如归、无私无畏的革命精神将永远激励着人们不断奋发进取、勇往直前。读完董存瑞的故事，你有什么感想吗？

# 中华成语故事

　　成语作为语言的重要组成部分，比起一般的汉语词语具有明显的长处：言简意赅，结构严谨，凝练含蓄，富有哲理。本章选取的两个成语，都通过人物故事告诉我们一些为人处世的道理。我们只有了解成语的意义，知晓成语背后的故事，才能在生活中恰当地运用。

**导读**

你和你的小伙伴闹矛盾之后，是谁也不理谁了，还是重新做好朋友呢？如果又在一起玩，就叫作"言归于好"哦！

# 言归于好

曹操去世之后，他的儿子曹丕做了皇帝，他就是魏文帝。第二年，刘备也在四川称帝。东吴孙权也想做皇帝，他就去投靠了曹丕。曹丕还想立孙权的儿子孙登为王太子。孙权说自己的孩子还太小，所以不用封为王太子。

这一年，魏文帝向吴王孙权索要珍贵的贡品。东吴的大臣，集体反对。但是孙权说："魏文帝立我儿子孙登为王太子只是个借口，他这样做的目的是把孙登接到许昌作人质，那样他让我做什么我都得同意。魏文帝要的这些贡品，对于我儿子的命来说，不算什么。"

于是，孙权派沈珩（héng）带着供品去见魏文帝。魏文帝很高兴，问沈珩："吴王有没有对我不满，说我过于贪心？"沈珩回答："陛下您和东吴言归于好，吴王愿意和您和平相处。"

魏文帝看出沈珩很机智，就和他谈论了一天的国家大事，最后决定册立孙登为王太子，允许孙登不用来许昌觐见。因为沈珩机智完成使命，回东吴后被封为安乡侯。

牵手阅读

小朋友们在一起，难免有纠纷，甚至还闹到打架的地步。我们要正视自己的缺点，学会宽容对方，与好朋友们重归于好，做回原先那样。

梦想的芬芳

# 塞翁失马

有一个叫塞翁的老头，他对事物有自己独特的看法。

一天，塞翁家里的一匹马突然跑了出去。邻居们知道了，都劝他，怕他伤心。没想到塞翁一点事没有，还说："不就是丢了一匹马吗，没什么大不了的，马跑了，说不定还会给我带来好处呢！"邻居们才不信有这么好的事呢。

不久后，塞翁家的马竟然跑了回来，还带了一匹胡人的好马回来了。邻居们知道了，都来向塞翁祝贺，称赞那是一匹好马。而塞翁呢，他却并不高兴，说："这有什么值得庆幸的。没花一分钱得了一匹胡马，弄不好会给我家引来灾祸呢。"邻居们都觉得塞翁老糊涂了，好事坏事都分不清了。

塞翁的儿子非常喜欢骑马，自从家里添了那匹胡马后，他就整天骑出去游玩。谁知道那匹胡马很不听话。塞翁的儿子从马背上摔下来，成了残疾。

邻居们听说了，赶紧过来安慰塞翁。可是塞翁一点都不难过，还安慰大家说："他的腿瘸了，虽然很不幸，但也可能是件好事。"果然，一年之后胡人打了过来，战争开始了。边塞的青壮男人都得去打仗，很多人都战死了。

但是，塞翁的儿子因为残疾，就没有被拉上战场打仗，他和年老的父亲一起保住了性命。

牵手阅读

这个故事告诉我们在一定的条件下，好事可以变成坏事，坏事也可以变成好事，所以我们看待问题要全面，要有积极的心态。当小朋友们在困境中时，不要灰心，要积极地去应对，往往难题就会迎刃而解。

# 古诗词积累——秀美风光诗

　　我们的祖国幅员辽阔，风光秀美，古时候文人墨客常常作诗来赞颂秀丽的风景，同时也借助绮丽的风景来抒发自己心中的感情或是表达自己的志向追求。本章一共选取了五首描绘明媚秀丽之景的古诗，去试着欣赏诗中的大好风光吧。

**导读**

诗人旅途中行至天门山，在江中顺流而下远望天门山，江水奔流，山川雄奇。快来读一读，感受一下诗中神奇壮丽的自然之美吧。

# 望天门山

〔唐〕李　白

天门中断楚江开，

碧水东流至此回。

两岸青山相对出，

孤帆一片日边来。

　　李白初出巴蜀，途径天门山，山川雄奇壮观，江水浩荡奔流。随着诗人行舟，山断江开，东流水回，青山迎出，孤帆驶来，景色由远及近再及远地层层展开。整首诗的意境优美开阔，读来使人感觉心胸开阔、眼界扩大。想一想，诗中用了哪些动词使山水景物呈现出一副跃跃欲出的动态？

这是唐代诗人白居易一组词中的第一首。都说江南风光秀丽，看一看这首词展现了江南怎样的大好画卷吧。

# 忆江南

［唐］白居易

江南好，

风景旧曾谙。

日出江花红胜火，

春来江水绿如蓝。

能不忆江南？

**牵手阅读**

　　《忆江南》是白居易老年回忆江南风景所写，共三首，这是第一首。这首词描写的是江南的景色之美，总写词人对江南的回忆，开篇即是"江南好"，也正是因为"好"才不能不忆江南。词中美景鲜艳奇丽，色彩丰富，江花和春水衬以日出和春天，生动形象地描绘出春意盎然的江南之美。语调轻松活泼，像一首动人的民歌。想一想，这首词的最后一句如果用叙述句好不好？为什么？

**导读**

    这是一首写西湖颇具盛名的七言律诗。这首诗写早春的西湖极有特色，读后会同诗人一样，爱上这湖光山色。白居易是在822年的七月被任命为杭州刺史的时候创作了这首诗。你读一读，哪几个字点明了热闹的春意？

# 钱塘湖春行

〔唐〕白居易

孤山寺北贾亭西，水面初平云脚低。

几处早莺争暖树，谁家新燕啄春泥。

乱花渐欲迷人眼，浅草才能没马蹄。

最爱湖东行不足，绿杨阴里白沙堤。

古诗词积累——秀美风光诗

牵手阅读

　　《钱塘湖春行》是唐代诗人白居易的一首描写西湖颇具盛名的七律。此诗通过写西湖早春明媚风光的描绘，抒发了作者早春游湖的喜悦和对钱塘湖风景的喜爱，更表达了作者对于自然之美的热爱之情。尤其是中间四句，细致地描绘了西湖春行所见景物，形象活现，即景寓情，准确生动地表现了自然之物的活泼情趣和雅致闲情。全诗结构谨严，衔接自然，对仗精工，语言浅近，用词准确，气质清新，成为历代吟咏西湖的名篇。

**导读**

　　西湖的晴天与雨天是怎样一番美景？请你搜集一下介绍西湖的图片和文字，再对照着这首诗来读。

# 饮湖上初晴后雨

〔宋〕苏　轼

水光潋滟晴方好，

山色空蒙雨亦奇。

欲把西湖比西子，

淡妆浓抹总相宜。

古诗词积累——秀美风光诗

梦想的芬芳

　　这首诗赞美了西湖美丽宜人的风景。前两句分别写西湖在晴天和雨天不同气候条件下的景色，对西湖的水光、山色，以及忽晴忽雨的奇丽多变的景象，作了形象的描绘。"好""奇"二字，将西湖美景作了高度概括，后两句将西湖比作古代美女西施，新颖奇妙。西湖是天然美景，西湖是绝代佳人，天生丽质是共同的特色。西湖也因此得到美名，叫"西子湖"。

下面这首小令用词简练，只选取了几个片断，就写出了环境的秀美，也写出了作者青春年少的好心情，让人不由想随她一道荷丛荡舟，沉醉不归。

# 如梦令

［宋］李清照

常记溪亭日暮，

沉醉不知归路。

兴尽晚回舟，

误入藕花深处。

争渡，争渡，

惊起一滩鸥鹭。

　　此词是记游赏之作，写了酒醉、花美，清新别致。"常记"明确表示追述，地点在"溪亭"，时间是"日暮"，作者饮宴以后，已经醉得连回去的路径都辨识不出了。"沉醉"二字却露了作者心底的欢愉，"不知归路"也曲折传出作者流连忘返的情致，而"误入"一句，行文流畅自然，毫无斧凿痕迹，同前面的"不知归路"相呼应，显示了主人公的忘情心态。盛放的荷花丛中正有一叶扁舟摇荡，这样的美景，一下子跃然纸上。一连两个"争渡"，表达了主人公急于从迷途中找寻出路的焦灼心情。正是由于"争渡"，所以又"惊起一滩鸥鹭"，把停栖在洲渚上的水鸟都吓飞了。至此，词戛然而止，言尽而意未尽，耐人寻味。

# 和大人一起读

亲子阅读是增进亲子交流的好方法，大人和孩子一起阅读，能帮助孩子更加全面地理解故事的内涵。这里有一个非常适合大人和孩子一起阅读的小故事，读一读，想一想这个故事里蕴含着什么深刻的道理呢？

# 狼和七只小山羊

[德] 格林兄弟

从前有只老山羊，它生了七只小山羊，并且像所有母亲爱孩子一样爱它们。一天，它要到森林里去找食物，便把七个孩子全叫过来，对它们说："亲爱的孩子们，我要到森林里去，你们一定要提防着狼。要是让狼进了屋，它会把你们全部吃掉的——连皮带毛通通吃光。这个坏蛋常常把自己化装成别的样子，但是，你们只要一听到他那沙哑的声音，一看到它那黑黑的爪子，就能认出它来。"小山羊们说："好妈妈，我们会当心的。你去吧，不用担心。"

老山羊咩咩地叫了几声，便放心地去了。

没过多久，有人敲门，而且大声说："开门哪，我的好孩子。你们的妈妈回来了，还给你们每个人带来了一点东西。"可是，小山羊们听到沙哑的声音，立刻知道是狼来了。"我们不开门，"它们大声说，"你不是我们的妈妈。我们的妈妈说话时声音又软又好听，而你的声音非常沙哑，你是狼！"于是，狼跑到杂货商那里，买了一大块糨糊，吞了下去，结果嗓子变细了。然后它又回来敲山羊家的门，喊道："开门哪，我的好孩子。你们的妈妈回来了，给你们每个人都带了点东西。"可是狼把它的黑爪子搭在了窗户上，小山羊们看到黑爪子便一起叫道："我们不开门。我们的妈妈没有你这样的黑爪子。你是狼！"于是狼跑到面包师那里，对他说："我的脚受了点伤，给我用面团揉一揉。"等面包师用面团给它揉过之后，狼又跑到磨坊主那里，对他说："在我的脚上洒点白面粉。"磨坊主想狼肯定是想去骗什么人，便拒绝了它的要求。可是狼说："要是你不给我洒面粉，我就把你吃掉。"磨坊主害怕了，只好洒了点面粉，把狼的爪子弄成了白色。可不，人就是这个德行！

这个坏蛋第三次跑到山羊家，一面敲门一面说："开门哪，孩子们。你们的好妈妈回来了，还从森林里给你们每个人带回来一些东西。"小山羊们叫道："你先把脚给我们看看，好让我们知道你是不是我们的妈妈。"狼把爪子伸进窗户，小山羊们看到爪子是白的，便相信它说的是真话，打开了屋门。然而进来的是狼！小山羊们吓坏了，一个个都想躲起来。第一只小山羊跳到了桌子下，第二只钻进了被子，第三只躲到了炉子里，第四只跑进了厨房，第五只藏在柜子里，第六只挤在洗脸盆下，第七只爬进了钟盒里。狼把它们一个个都找了出来，毫不客气地把它们全都吞进了肚子。只有躲在钟盒里的那只最小的山羊没有被狼发现。狼吃饱了之后，心满意足地离开了山羊家，来到绿草地上的一棵大树下，躺下身子开始呼呼大睡起来。

没过多久，老山羊从森林里回来了。啊！它都看到了些什么呀！屋门敞开着，桌子、椅子和凳子倒在地上，洗脸盆摔成了碎片，被子和枕头掉到了地上。它找它的孩子，可哪里也找不到。它一个个地叫它们的名字，可是没有一个出来答应它。最后，当它叫到最小的山羊的名字时，一个细细的声音喊叫道："好妈妈，我在钟盒里。"老山羊把它抱了出来，它告诉妈妈狼来过了，并且把哥哥姐姐们都吃掉了。大家可以想象老山羊失去孩子后哭得多么伤心！

老山羊最后伤心地哭着走了出去，最小的山羊也跟着跑了出去。当它们来到草地上时，狼还躺在大树下睡觉，呼噜声震得树枝直抖。老山羊从前后左右打量着狼，看到那家伙鼓得老高的肚子里有什么东西在动个不停。"天哪，"它说，"我的那些被它吞进肚子里当晚餐的可怜的孩子，难道它们还活着吗？"最小的山羊跑回家，拿来了剪刀和针线。老山羊剪开那恶魔的肚子，刚剪了第一刀，一只小羊就把头探了出来。它继续剪下去，六只小羊一个个都跳了出来，全都活着，而且一点也没有受伤，因为那贪婪的坏蛋是把它们整个吞下去的。这是多么令人开心的事啊！它们拥抱自己的妈妈，高兴得又蹦又跳。可是羊妈妈说："你们去找些大石头来。我们趁这坏蛋还没有醒过来，把石头装到它的肚子里去。"七只小山羊飞快地拖来很多石头，拼命地往狼肚子里塞。然后山羊妈妈飞快地把狼肚皮缝好，结果狼一点也没有发觉，它根本都没有动弹。

狼终于睡醒了。它站起身，想到井边去喝水，因为肚子里装着的石头使它口渴得要死。可它刚一迈脚，肚子里的石头便互相碰撞，发出哗啦哗啦的响声。它叫道："是什么东西在碰撞我的骨头？我以为是六只小羊，可怎么感觉像是石头？"

它到了井边，弯腰去喝水，可沉重的石头压得它掉进了井里，淹死了。七只小山羊看到后，全跑到这里来叫道："狼死了！狼死了！"它们高兴地和妈妈一起围着水井跳起舞来。

（杨武能　杨悦　译）

牵手阅读

本篇选自《格林童话》。《格林童话》是由德国格林兄弟收集、整理的德国民间故事集，大部分源自民间的口头传说，其中比较有名的有《灰姑娘》《白雪公主》《青蛙王子》等童话故事。你一定听过《小红帽》的故事，那里面的大灰狼用相同的手段满足了食欲，最后得到了应有的惩罚。把这两个故事讲给爸爸妈妈听，说说它们的不同。

本书编选过程中，得到了许多作者和译者的帮助，在此一并致谢。部分文章因编选需要，做了删改，特此说明。虽经多方努力，仍有部分版权所有人未能于出版前取得联系，我们将委托中国文字著作权协会代转稿酬及样书，联系电话：010-65978917。